Analyse de l'œuvre

Par Claire Cornillon et Nasim Hamou

Frankenstein

de Mary Shelley

Rendez-vous sur lepetitlitteraire.fr et découvrez :

Plus de 1200 analyses
Claires et synthétiques
Téléchargeables en 30 secondes
À imprimer chez soi

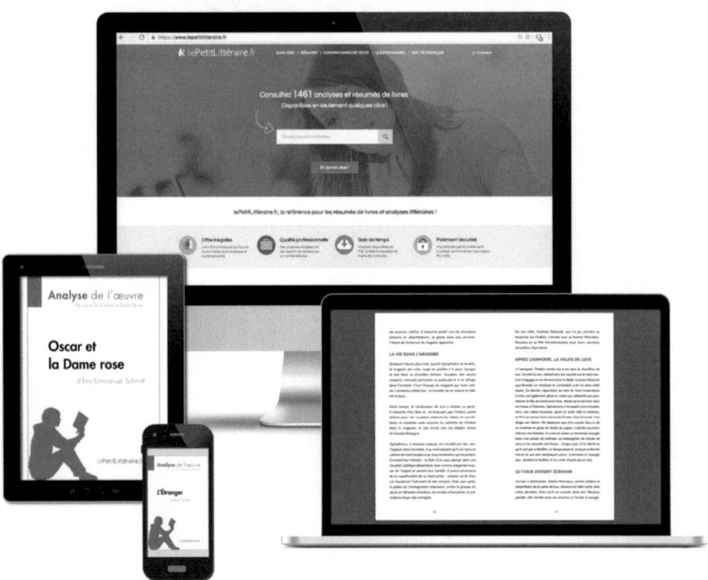

MARY SHELLEY

FEMME DE LETTRES ANGLAISES

- **Née en 1797 à Londres**
- **Décédée en 1851 dans la même ville**
- **Quelques-unes de ses œuvres :**
  - *Une histoire de passions* (1822), nouvelle
  - *Le Dernier Homme* (1823), roman
  - *Errances en Allemagne et en Italie en 1840, 1842 et 1843* (1844), récit de voyage

Mary Wollstonecraft, dite Mary Shelley, nait en Angleterre en 1797 et meurt en 1851. Elle est l'auteure de nouvelles, d'essais, de récits de voyage, mais son œuvre la plus connue est son premier roman, *Frankenstein* (1818). Femme de lettres, elle côtoie les intellectuels de l'époque. Elle est l'épouse du poète romantique Percy Shelley (1792-1822).

FRANKENSTEIN OU LE PROMÉTHÉE MODERNE

UNE RÉFLEXION SUR L'ORIGINE DU MAL

- **Genre :** roman
- **Édition de référence :** *Frankenstein*, traduit de l'anglais par Germain d'Hangest, Paris, Garnier-Flammarion, coll. « Littérature étrangère », 1979, 371 p.
- **1re édition :** 1818
- **Thématiques :** science, création, expériences, monstruosité, surnaturel, orgueil

Mary et Percy Shelley, lord Byron (poète britannique, 1788-1824) ainsi que le Dr Polidori (écrivain italo-anglais, 1795-1821) passent l'été 1816 dans un village près du lac Léman et décident d'écrire chacun une histoire fantastique : c'est ainsi que Mary a l'idée de *Frankenstein ou le Prométhée moderne*.

Le roman, publié en 1818, raconte comment le jeune Frankenstein parvient à découvrir le secret de la vie et à créer un être qu'il réussit à animer. Cette créature est rejetée par tous, même par son propre créateur. L'œuvre pose la question des limites de la science et des dangers que court l'homme à vouloir percer les mystères de la nature.

RÉSUMÉ

LETTRES DE WALTON

Robert Walton navigue vers le pôle Nord avec son équipage. Il écrit à sa sœur, Mrs Saville, pour lui raconter les étapes de son voyage, d'abord à Saint-Pétersbourg, puis à Arkhangelsk (Russie). Au cours de son périple, il trouve un homme très atteint par le froid et le secourt. Ce dernier est à la poursuite d'un individu. Il raconte à Walton son histoire, que celui-ci retranscrit.

LE RÉCIT DE VICTOR FRANKENSTEIN

Victor Frankenstein commence son récit de la sorte : « Je suis né à Genève ; et ma famille est l'une des plus distinguées de cette république. » (p. 87) Ses parents recueillent puis adoptent une enfant, Elizabeth, qui devient sa promise. Elle tombe malade, atteinte par la fièvre scarlatine, mais en réchappe. En revanche, la mère de Victor, tombée malade en soignant Elizabeth, y succombe.

Victor part à Ingolstadt, en Bavière (Allemagne), pour suivre des études de philosophie naturelle (ancêtre de la science moderne). Il se passionne pour le mystère de la vie et parvient, après maintes recherches, à le percer :

> « Après des jours et des nuits de labeur et de fatigue incroyables, je réussis à découvrir la cause de la génération et de la vie ; bien plus, je devins capable, moi-même, d'animer la matière inerte. » (p. 113-114)

Il travaille alors à créer un être vivant. Mais, lorsque la créature se réveille, Victor Frankenstein, terrifié, s'enfuit. Traumatisé par l'éveil de sa création, il tombe sous le coup d'une fièvre nerveuse et reste alité pendant deux mois. Son ami Henry Clerval prend alors soin de lui.

Frankenstein apprend par une lettre de son père que son frère William a été assassiné. Il rentre alors auprès de sa famille. Justine Moritz, une amie de la famille, est accusée de ce meurtre : un pendentif représentant la mère de Victor ayant été retrouvé dans sa poche, on conclut que le mobile du meurtre de William était le vol de cet objet. Frankenstein soupçonne, quant à lui, sa créature d'être le véritable coupable, ayant cru l'apercevoir dans les parages. Pourtant, Frankenstein n'intervient pas : Justine est jugée, condamnée et exécutée. Il est alors accablé par un sentiment de culpabilité.

Frankenstein part ensuite dans les Alpes et y retrouve sa créature avec laquelle il échange, pour la première fois, quelques paroles. Cette dernière lui raconte ce qui lui est arrivé : elle a dû se cacher, rejetée par tous les hommes en raison de sa laideur et de l'effroi qu'elle provoquait chez tous ceux qu'elle rencontrait, ce qui l'a profondément affecté :

> « Parmi les milliers d'hommes existant sur terre, il n'en était donc pas un seul qui voulût me donner pitié ou aide ; devais-je donc nourrir envers mes ennemis des sentiments de bonté ? Non pas ! Dès cet instant, je déclarai à cette espèce une guerre éternelle, et surtout à celui qui m'avait formé pour me précipiter dans cette insoutenable souffrance. » (p. 218)

L'être, pour échapper à la solitude, demande alors à Frankenstein de lui créer une compagne à son image, ce qu'il accepte. Avant qu'Elizabeth et Victor ne se marient, ce dernier part en Angleterre avec Clerval pour recueillir les informations scientifiques dont il a besoin pour accomplir sa tâche. Mais, effrayé par les conséquences possibles de cet acte, Frankenstein décide finalement de ne pas donner vie à une seconde créature. Dès lors, il détruit ses travaux, attisant par là même la colère de sa créature. Il repart donc en bateau et arrive en Irlande où, victime d'un coup du sort, il est accusé de meurtre de son ami Clerval. S'ensuivent deux mois de fièvre et de délire. Frankenstein est finalement innocenté. Son père vient le chercher, et ils repartent ensemble à Genève.

Alors que le mariage approche, la créature menace Frankenstein : lorsque celui-ci a refusé de lui créer une compagne, le monstre a assuré qu'il serait avec eux le soir de leur mariage. Victor, persuadé que la créature a l'intention de le prendre pour cible le soir des noces, se prépare à l'affrontement. Elizabeth et Victor se marient tout de même et partent pour le lac de Côme où Elizabeth est assassinée par la créature. Revenu à Genève, et après avoir assisté aux derniers jours de son père terrassé par les drames successifs qui l'ont frappé, Victor décide de partir à la recherche de sa créature pour la détruire. S'ensuit une poursuite à travers le monde qui le mène finalement au pôle Nord, où il rencontre Walton.

RETOUR AUX LETTRES DE WALTON

Alors que Walton et son équipage décident de repartir en Angleterre, Frankenstein succombe, affaibli par sa traque. La créature, tiraillée par le remords, se rend à son chevet et explique à Walton que son destin est désormais terminé, puisque son créateur est mort. Après avoir annoncé son suicide, elle s'enfuit.

ÉTUDE DES PERSONNAGES

VICTOR FRANKENSTEIN

Victor Frankenstein nait à Genève dans une famille aisée. Enfant, il se passionne pour les mystères du monde et, de manière autodidacte, tente de les percer. À l'université, il découvre la science de son époque et, fasciné, reprend ses recherches. En tentant de comprendre le secret de la vie, il passe à côté de la sienne, obnubilé tout d'abord par ses recherches, puis assumant le prix élevé de ses erreurs :

> « L'univers était pour moi un secret, que j'essayais de deviner. La curiosité, la recherche enthousiaste des lois cachées de la nature, une joie voisine de l'extase, objets de révélations successives, font partie des premières sensations présentes à ma mémoire. » (p. 93)

Frankenstein est un personnage ambivalent que tous les autres personnages décrivent comme fascinant, mais dont l'orgueil et la curiosité confinent à la folie. Walton le décrit dans sa lettre en ces termes :

> « Je n'ai jamais vu créature plus intéressante : ses yeux ont généralement une expression d'égarement et même de folie, mais à certains moments, si on lui témoigne quelque bonté, ou si on lui rend le moindre service, toute sa physionomie s'illumine, pour ainsi dire, d'un rayon de bienveillance et de douceur dont je n'ai jamais vu l'égal. Mais la mélancolie et le désespoir l'accablent à l'ordinaire ; parfois, il grince des dents, comme s'il ne pouvait supporter les malheurs qui pèsent sur lui. » (p. 79)

Cet homme brillant délaisse pourtant sa créature à peine née. Sa lâcheté et son incapacité à assumer les conséquences de ses actes (à cause de son silence, Justine est exécutée) le plongent dans des abimes de culpabilité. Il découvre avec horreur qu'il a ouvert une boite de Pandore : « Hélas ! J'avais lâché sur le monde un misérable dépravé, qui trouvait sa joie dans le carnage et le mal. » (p. 143) Mais il se trompe sur la nature de sa créature. C'est son rejet d'elle qui la pousse à commettre des crimes.

Frankenstein est donc un personnage qui se caractérise par sa propension à commettre des erreurs fatales : son rejet de sa créature, qu'il juge mauvaise car hideuse, est ce qui cause sa perte, tandis que, interprétant mal la menace du monstre (il est persuadé que la créature veut le tuer le soir de ses noces), il laisse Elizabeth sans surveillance, à la merci du prédateur.

Il est en outre un personnage tragique qui, à l'image d'Icare, brule ses ailes en s'approchant trop du soleil. *Frankenstein* raconte la longue chute de cet homme qui, perdant tout ce à quoi il tient, finit par devenir aussi solitaire que sa monstrueuse créature.

LA CRÉATURE

La créature n'a pas de nom, comme si toute humanité lui était refusée. Elle est, de ce fait, réduite à son apparence et n'est pas considérée comme un individu. Victor Frankenstein l'a créée à partir de tissus morts qu'il est parvenu à animer. Elle est plus grande qu'un homme, et son apparence physique est repoussante :

À sa naissance, son créateur prend peur et s'enfuit. Cet être reste donc seul, abandonné de tous. Étant donné son aspect terrifiant, il reste caché. Sa laideur le place au centre de tous les soupçons. Lorsque William est assassiné, Victor est certain que la créature est la coupable, sans pourtant avoir la moindre preuve.

Bien que le monstre commette des crimes, sa nature n'est pas mauvaise. Doué d'intelligence, il apprend seul à parler et à lire, et cherche à ressembler aux hommes. Elle apparait donc comme une créature très humaine à laquelle on refuse l'humanité.

Son histoire est celle d'une crise existentielle et identitaire. Elle est née innocente, mais la haine à laquelle elle s'est heurtée depuis sa naissance et la solitude ont fait d'elle une criminelle. Meurtrie, elle lance un cri de désespoir lorsqu'elle rencontre à nouveau son créateur :

ta créature, et j'irai jusqu'à obéir doucement et docilement à mon maître et à mon roi naturel, si tu veux aussi t'acquitter de ton rôle, de ton devoir envers moi [...] Souviens- toi ! je suis ta créature ; je devrais être ton Adam ; mais je suis bien plutôt l'ange déchu que tu chasses loin de la joie, bien qu'il n'ait pas fait le mal. Partout je vois le bonheur, et j'en suis irrévocablement privé. J'étais bienveillant et bon ; la misère a fait de moi un démon. Rends-moi la joie, et je redeviendrai vertueux. » (p. 171)

Le monstre dépend de son créateur et cherche à faire le bien, mais la souffrance le conduit sur la voie du mal. « Je devrais être ton Adam », dit-il à son maitre, le comparant à Dieu et lui-même à l'homme, sa créature. Il rappelle aussi Satan tel que l'a décrit John Milton (poète et homme d'État anglais, 1608-1674) dans *Le Paradis Perdu* (1667), c'est-à-dire une figure de la révolte plus qu'une figure maléfique, qui s'insurge contre un monde qu'il subit et qui le rejette. La créature est donc une sorte de héros tragique, voire pathétique, victime du rejet des hommes et de sa solitude, qui se suicidera après la mort de son maitre.

ELIZABETH ET HENRY CLERVAL

Elizabeth et Henry Clerval représentent des personnages antagonistes à celui de Victor. Entièrement positifs, ils sont présentés par le biais de leurs qualités : celles-ci sont constamment louées dans le récit de Frankenstein.

Elizabeth est une enfant adoptée par la famille de Victor. Ce dernier grandit avec elle et s'en éprend. Ils se marient quelques années plus tard. Sa beauté est sans cesse louée ;

elle était « une enfant plus belle que les peintures des chérubins, une créature dont les traits paraissaient répandre la lumière, et dont l'aspect et les mouvements surpassaient la légèreté du chamois des montagnes » (p. 91).

Elle est associée à la lumière alors que Victor ou la créature sont des êtres de l'obscurité. Elizabeth est un personnage positif, qui affronte les difficultés et qui vit, alors que Frankenstein subit son existence et tombe régulièrement en dépression, se laissant aller au désespoir. Elle représente la pureté, l'amour et la compassion, vit en harmonie avec le monde et suit ses règles, à l'opposé de Frankenstein qui croit pouvoir être comme un dieu parmi les hommes. Elle meurt tragiquement, assassinée par le monstre, à cause de la folie de Victor.

Henry est, quant à lui, l'ami fidèle de Frankenstein, victime des évènements tragiques. Il représente l'insouciance que Victor a perdue. Il profite de la vie et la croque à pleines dents. En cela, il est l'opposé de ce que devient le héros à partir du moment où il crée la créature. Si Frankenstein devient anxieux, paranoïaque et dépressif, Henry reste loyal, parvient à s'émerveiller de tout et conserve son innocence tout au long du récit. Henry représente lui aussi le côté lumineux de la vie, celui dont se détourne Victor.

ROBERT WALTON

Robert Walton est le narrateur principal du roman. Il livre le récit de Frankenstein à sa sœur Margaret, avec laquelle il a une relation épistolaire. C'est un marin qui, tout comme Frankenstein, est mu par une curiosité intellectuelle qui le pousse à vouloir faire des découvertes. Il part au pôle Nord afin de naviguer là où personne n'est jamais allé, à l'instar de Victor qui, dans le domaine de la science, s'aventure sur un terrain inexploré. Cependant, contrairement à Frankenstein, il n'ira pas jusqu'à tout sacrifier au nom de sa curiosité scientifique. Lorsque le voyage s'avère trop dangereux, il accepte de l'abandonner pour ne pas risquer la vie de ses hommes d'équipage.

JUSTINE MORITZ

Justine est une servante de la famille Frankenstein et la meilleure amie d'Elizabeth. Elle est surtout l'une des victimes innocentes de la créature et, indirectement, de Frankenstein. C'est elle qui subit l'injustice : accusée à tort du meurtre de William Frankenstein, elle est exécutée en partie à cause de la lâcheté de Victor (qui s'est abstenu de rapporter des faits qui auraient pu jouer en sa faveur au cours du procès).

CLÉS DE LECTURE

UN RÉCIT DANS LA TRADITION
DU ROMAN GOTHIQUE

Frankenstein est construit selon le principe des récits enchâssés, fréquemment utilisés dans le roman gothique, genre littéraire anglais de la fin du XVIIIe siècle et du début du XIXe siècle, à l'instar de *L'Étrange Cas du docteur Jekyll et de M. Hyde* (1886) de Robert Louis Stevenson (écrivain écossais, 1850-1894). Ce genre propose des intrigues complexes mêlées à des secrets mystérieux, à une nature inquiétante et sublime ainsi qu'à des éléments surnaturels, le tout prenant le plus souvent place dans un château moyenâgeux. Parmi les chefs-d'œuvre du genre, on retrouve notamment *Le Château d'Otrante* (1764) d'Horace Walpole (écrivain britannique, 1717-1797) et *Le Moine* (1796) de Matthew Lewis (romancier et dramaturge anglais, 1775-1818).

Certains motifs et thèmes récurrents au genre gothiques apparaissent dans le roman de Mary Shelley, en particulier à travers la description d'une nature grandiose et sublime, aussi impressionnante et majestueuse que dangereuse. Les évènements de l'intrigue se déroulent dans une multitude de lieux dont la plupart relèvent de cette nature sauvage :

> « La montée est à pic, mais le sentier se divise en zigzags continuels et courts qui permettent de vaincre la perpendicularité de la montagne. La désolation du paysage est terrifiante. En mille endroits s'aperçoivent les traces de l'avalanche hivernale, arbres brisés, épars sur le sol, certains

entièrement détruits, d'autres courbés, penchés sur les rocs qui surplombent les précipices, ou en travers d'autres arbres. » (p. 168)

Cette vision de la nature, qui semble entrer en résonnance avec le ton du récit, est aussi quelque peu romantique.

Tout comme *Dracula* (1897) de Bram Stoker (écrivain irlandais, 1847-1912), qui est un roman épistolaire, *Frankenstein* se construit comme un récit enchâssé, composé d'un assemblage de documents, plus précisément des lettres de Walton à travers lesquelles est racontée sa rencontre avec Victor Frankenstein. Celui-ci lui narre sa propre histoire que Walton retranscrit et qu'il joint à ses lettres. La narration est donc le fait de personnages de l'histoire et s'écrit à la première personne du singulier. Les récits de la créature à Frankenstein, puis de la créature à Walton complètent l'histoire d'un autre point de vue. Mais le texte se concentre principalement sur l'analyse psychologique que Frankenstein opère sur lui-même, lui qui sombre dans les affres de la culpabilité. Le procédé permet une plus grande proximité avec les personnages qui expriment eux-mêmes leurs sentiments aux lecteurs. Il donne une impression de réel au récit.

CRÉER LA VIE ARTIFICIELLE, UN THÈME DE SCIENCE-FICTION

Brian Aldiss (romancier et nouvelliste britannique, né en 1925) considère pour sa part *Frankenstein* comme le premier roman de science-fiction, c'est-à-dire un roman tiré d'une extrapolation fictive basée sur la science. La création de

Frankenstein se fonde en effet sur une hypothèse scientifique et ne relève pas du surnaturel tel qu'on peut le trouver dans le genre fantastique. L'ensemble du roman consiste en l'exploration d'une hypothèse et de ses conséquences : que se passerait-il si l'homme était capable de créer un être artificiel ? La postérité de ce thème se retrouve dans la littérature de science-fiction, notamment à travers le robot.

LA SCIENCE-FICTION

La science-fiction est un genre littéraire et cinématographique au champ très vaste dont les récits prennent pour postulat une extrapolation de faits scientifiques (on parle alors de *hard science-fiction*), des hypothèses liées au temps (par exemple avec un passé alternatif dans le cas de l'uchronie ou un futur imaginaire dans le cas de l'anticipation) ou qui se nourrissent d'autres genres, comme le fantastique par exemple. *Frankenstein*, qui repose sur l'hypothèse scientifique de la création de la vie artificielle et du galvanisme tel que vu par Giovanni Aldini (physicien italien, 1762-1834) qui pensait pouvoir ramener les morts à la vie au moyen de la stimulation électrique, est un précurseur de la *hard science-fiction*.

Le néologisme science-fiction, qui est anglo-saxon, remplace dans les années cinquante l'appellation francophone de « merveilleux scientifique ».

On peut considérer *Frankenstein* comme étant le roman

précurseur de science-fiction. On y trouve l'un des thèmes majeurs du genre : la création de la vie artificielle. La créature, dont le procédé de création rappelle celui de l'homoncule (homme synthétique que l'alchimiste suisse Paracelse, 1493-1541, clame avoir créé) reçoit sa vie de l'homme qui se substitue à Dieu dans le rôle du créateur. La création de la vie par l'homme est un fantasme ancien que l'on trouve dans des traditions anciennes tel que le *golem* chez les Hébreux.

La créature de Frankenstein est le précurseur de l'androïde, une créature synthétique créée par la science, à laquelle on a donné la vie par curiosité intellectuelle et qui s'interroge sur sa nature. C'est un être face auquel les hommes se sentent mal à l'aise, car il en est une caricature, presque une parodie par sa volonté d'imiter les hommes sans pour autant y parvenir. En cela, on pourrait évoquer le principe de « vallée dérangeante » (*Uncanny Valley* en anglais). Cette théorie, proposée en 1970 par Masahiro Mori (roboticien japonais, né en 1927), expose que plus un androïde (ou une représentation en image de synthèse générée par ordinateur) ressemble à un humain, plus ses défauts apparaitront monstrueux. Le monstre de Frankenstein ressemble à un homme, mais ses traits sont grotesques, son visage est barré d'un rictus : il est humain sans l'être, et de ce fait, est rejeté de tous. La créature agit comme un miroir déformant qui renvoie aux hommes l'image de leur propre monstruosité. Il est rejeté car il est monstrueux, mais aussi probablement car l'image des hommes qu'il renvoie est aussi hideuse que son apparence.

Les problématiques soulevées par la créature de Frankenstein perdurent dans le temps. Qu'est-ce que la vie ? Et pourquoi l'homme s'acharne-t-il à vouloir à tout prix créer une créature à son image (se substituant à Dieu qui aurait lui-même créé l'homme à son image) ? Ces questions trouvent un écho aujourd'hui encore, à travers la littérature de science-fiction, comme chez Isaac Asimov (écrivain américano-russe, 1920-1992) qui, dans son recueil de nouvelles *Les Robots* (1967), évoque un « complexe de Frankenstein », Philip K. Dick (écrivain américain, 1928-1982), auteur de *Les androïdes rêvent-ils de moutons électriques ?* (1968), ou encore à travers le cinéma avec des films comme *Blade Runner* (1982) de Ridley Scott (réalisateur et producteur britannique, né en 1937) et *Ghost in the Shell* (1995) de Mamoru Oshii (réalisateur, producteur et auteur japonais, né en 1951).

LE MONSTRE

Au terme de la lecture, une question persiste : qui est véritablement le monstre ? Bien que le récit des mésaventures de Frankenstein soit narré par Victor lui-même et que, de fait, on adopte son point de vue, la créature apparait comme une victime abandonnée de tous à cause de son physique repoussant. Elle n'est pourtant pas intrinsèquement mauvaise. C'est la peur qu'elle inspire et surtout la solitude et la douleur de se voir rejetée par tous qui la mènent au crime.

Pour Francis Lacassin (journaliste et écrivain français, 1931-2008), cette peur et ce rejet ne sont pas tant dû à sa laideur qu'aux « conditions de sa création » (« Introduction », in

Frankenstein, 1979, p. 27) Ce qui fait la nature problématique de la créature, c'est qu'elle est précisément contre nature. Elle ne devrait pas exister, car elle est le produit de la seule volonté de Frankenstein et de sa soif de puissance.

Frankenstein peut donc également apparaitre comme un monstre : il laisse Justine se faire exécuter, met en danger la vie de ses proches et ne parvient pas à éprouver de la compassion pour sa propre créature.

Le roman est donc un questionnement sur la nature de l'homme et sur l'origine du mal : les réflexions de la créature vont dans ce sens. Elle, qui découvre que le mal est possible, raconte :

> « L'homme était-il donc à la fois si puissant, si vertueux et magnifique, et, d'autre part, si vicieux et si bas ? Il me semblait n'être à un moment qu'une branche de l'arbre du Mal, et, à d'autres, tout ce que l'on peut concevoir de noble et de divin [...]. Longtemps, je ne pus concevoir qu'un homme pût aller tuer son semblable, ni même pourquoi il existait des lois et des gouvernements ; mais quand j'entendis mentionner des exemples particuliers de vice et de carnage, mon étonnement cessa, et je me détournai avec impatience et dégoût. » (p. 196-197)

TROIS NARRATEURS QUI SE RESSEMBLENT

Les trois narrateurs (Walton, Frankenstein et la créature) ont la particularité de partager des traits communs :

- **la curiosité intellectuelle.** Frankenstein parvient par ses efforts à accomplir un miracle scientifique en créant la vie. La créature parvient, en autodidacte, à apprendre le langage et à se cultiver. Walton, qui révèle dans sa première lettre à Margaret que son éducation a été négligée et qu'il s'est également construit intellectuellement tout seul, tente d'explorer des régions dans lesquelles personne n'a encore mis le pied ;

- **la solitude**. Tous sont des êtres solitaires. Au début du récit, Walton fait part de son besoin d'avoir un ami, qu'il finira toutefois par trouver en la personne de Frankenstein. La créature éprouve le même sentiment, mais, à cause de son apparence et de Frankenstein qui lui refuse une conjointe, elle est condamnée à la solitude. Victor, de son côté, découvrira ce sentiment en perdant au fur et à mesure ses proches sous les coups du monstre ;
- **les obsessions**. Frankenstein est obnubilé par ses découvertes scientifiques et se coupe du monde. Lorsque la créature est créée, il est hanté par l'idée de l'anéantir, voyageant partout dans le monde pour la traquer. Le monstre, de son côté, est mu par l'idée fixe de la vengeance tandis que Walton est obsédé par son voyage.

Si l'on est bien face à trois narrateurs différents, ceux-ci semblent sortir du même moule. Il est chaque fois question d'hommes autodidactes, à la curiosité intellectuelle aiguisée et qui souffrent de la solitude. La principale différence entre les trois personnages est que seul Walton ne succombe pas à son orgueil. Frankenstein, qui a voulu plier les lois de la nature à sa volonté, en a payé le prix fort. Il en va de même pour la créature qui a eu l'orgueil de vouloir déclarer la guerre à l'humanité entière, se mettant davantage à l'écart des hommes dont il est devenu l'ennemi ; ce faisant, il s'est encore plus condamné à la solitude. Ces trois personnages se retrouvent tous emmurés, que ce soit symboliquement ou concrètement :

- Walton, dans son bateau, est emmuré par les glaces ;
- Victor est enfermé dans son ambition puis dans son désespoir ;
- la créature se retrouve prisonnière de sa folie meurtrière.

UN MYTHE MODERNE

Le sous-titre du roman, *Le Prométhée moderne*, invite à voir dans le roman une relecture du mythe antique. Prométhée est un titan qui, dans la *Théogonie* d'Hésiode (poète grec, milieu du VIIIe siècle av. J.-C.), crée les hommes à partir de boue et qui a volé le feu pour le leur donner. Or cet acte orgueilleux, est puni par les dieux. Prométhée est alors condamné à être attaché à un rocher et à voir son foie dévoré chaque jour par un aigle, lui faisant ainsi endurer une souffrance éternelle. De même, Victor Frankenstein veut égaler les dieux en contrôlant la nature et en créant lui-même la vie. Ce faisant, il commet un crime d'orgueil et se voit punir par sa destinée tragique.

Le roman présente donc une sorte de fable morale. Son histoire illustre un précepte : le danger de la science guidée par l'*hybris* (mot issu du grec ancien signifiant « orgueil »). La science est extrêmement puissante et donne à l'homme des capacités illimitées au point qu'il peut créer la vie. Poussée par sa soif de connaissance, Frankenstein s'est lancé à cœur perdu dans son travail de création, sans prendre la mesure des conséquences qui pourraient en découler. Ce n'est que lorsque la vie s'empare de sa créature qu'il prend conscience de son erreur. C'est la raison pour laquelle il refuse de révéler à Walton son secret. Il offre également une leçon d'humilité au lecteur :

> « Apprenez-de moi, sinon par mes préceptes, du moins par mon exemple, combien il est dangereux d'acquérir la science, et combien plus heureux est l'homme qui prend sa ville natale pour l'univers, que celui qui aspire à une grandeur supérieure à ce que lui permet sa nature. » (p. 114)

LA POSTÉRITÉ DE *FRANKENSTEIN*

Si le roman *Frankenstein* a connu un succès retentissant, ce n'est pourtant pas l'œuvre de Mary Shelley qui est la plus iconique. Quand on évoque *Frankenstein*, l'image qui vient en tête est celle du film de 1931, réalisé par James Whale (réalisateur anglais, 1889-1957) avec Boris Karloff (acteur britannique, 1887-1969) dans le rôle de la créature. Le film s'éloigne pourtant beaucoup de l'œuvre de l'auteure, le scénariste ayant opté l'épouvante. Contrairement à la créature du roman qui est de nature bienveillante et amicale, celle du film est mauvaise par nature, car elle possède le cerveau d'un assassin. Le film a donné à la créature un visage : celui d'un grand homme à la mine patibulaire et au teint blafard, s'exprimant par grognements et possédant deux boulons dans la nuque. Le film a eu un tel succès qu'il s'est rapidement substitué au roman.

La créature du film n'a, comme dans le roman, pas de nom. Pourtant, dans l'inconscient collectif, le public lui donne le nom du créateur : Frankenstein. Il n'est pas rare de voir la créature nommée ainsi dans ses très nombreuses apparitions dans divers médias. Tout comme la créature de James Whale a phagocyté celle de Mary Shelley, le monstre absorbe Frankenstein pour prendre son nom : le monstre n'est-il ainsi pas celui qu'on pourrait croire.

Aujourd'hui, la créature de Frankenstein n'est plus le monstre solitaire, plongé dans le meurtre par désespoir, ni une créature qui interroge le sens de sa vie : elle est devenue l'une des créatures phares du panthéon de l'épouvante hollywoodien, aux côtés de Dracula, de la Créature du lac et de la Momie.

Frankenstein lui-même n'est plus perçu comme la victime de son ambition. Il est devenu l'image même du savant fou, isolé et maléfique, souvent représenté dans un laboratoire sordide, aidé d'un assistant bossu et difforme nommé Igor. S'il représentait une curiosité scientifique trop accentuée dans le roman, il est devenu au fil du temps le représentant de la curiosité scientifique malsaine, devenant lui-même un monstre.

La mythologie entourant Frankenstein a ainsi évolué avec le temps. Le public l'a assimilée et l'a modifiée, se l'appropriant, au point que le Frankenstein populaire a totalement supplanté celui du roman originel.

PISTES DE RÉFLEXION

QUELQUES QUESTIONS POUR APPROFONDIR SA RÉFLEXION...

- Expliquez le sous-titre du roman : *Le Prométhée moderne*.
- Analysez la structure du récit. Comment s'organise-t-il ? Qui sont les narrateurs ? Quel est l'effet de ces choix narratifs ?
- En quoi ce roman s'inscrit-il dans la tradition du roman gothique ?
- Quelle vision de la science le roman présente-t-il ? Est-elle positive ou négative ? Justifiez votre réponse.
- Ce roman vous parait-il pessimiste ? Pourquoi ?
- En quoi les personnages d'Elizabeth et de Victor Frankenstein entretiennent-ils un rapport au monde tout à fait opposé ?
- Comment la nature est-elle décrite dans ce roman ? Quel est l'effet de cette représentation de la nature ? À votre avis, pourquoi Mary Shelley choisit-elle de la représenter de cette manière ?
- Pourquoi peut-on dire que la nature est le véritable héros du roman ?
- Ce roman développe-t-il des thèmes encore actuels aujourd'hui ? Expliquez.
- Comparez la créature du roman avec la créature d'une des adaptations cinématographiques de l'œuvre. Quelles différences constatez-vous ?

Votre avis nous intéresse !
Laissez un commentaire sur le site de votre librairie en ligne
et partagez vos coups de cœur sur les réseaux sociaux !

POUR ALLER PLUS LOIN

ÉDITION DE RÉFÉRENCE

- SHELLEY M., *Frankenstein*, traduit de l'anglais par Germain d'Hangest, Paris, Garnier- Flammarion, coll. « Littérature étrangère », 1979, 371 p.

ÉTUDES DE RÉFÉRENCE

- FAUCHEUX M, *Frankenstein, une biographie*, l'Archipel, Paris, 2015.
- LECERCLE J.-J., *Frankenstein, mythe et philosophie*, PUF, Paris, 1997.
- MORVAN A, *Mary Shelley et Frankenstein, itinéraires romanesques*, PUF « essais », Paris, 2005.

ADAPTATIONS

- *Frankenstein*, film de James Whale, avec Colin Clive, Mae Clarke et Boris Karloff, États-Unis, 1931.
- *Frankenstein*, film de Kenneth Branagh, avec Robert de Niro, Kenneth Branagh et Helena Bonham Carter, États-Unis, 1994.

Retrouvez notre offre complète sur lePetitLittéraire.fr

- des fiches de lectures
- des commentaires littéraires
- des questionnaires de lecture
- des résumés

ANOUILH
- Antigone

AUSTEN
- Orgueil et Préjugés

BALZAC
- Eugénie Grandet
- Le Père Goriot
- Illusions perdues

BARJAVEL
- La Nuit des temps

BEAUMARCHAIS
- Le Mariage de Figaro

BECKETT
- En attendant Godot

BRETON
- Nadja

CAMUS
- La Peste
- Les Justes
- L'Étranger

CARRÈRE
- Limonov

CÉLINE
- Voyage au bout de la nuit

CERVANTÈS
- Don Quichotte de la Manche

CHATEAUBRIAND
- Mémoires d'outre-tombe

CHODERLOS DE LACLOS
- Les Liaisons dangereuses

CHRÉTIEN DE TROYES
- Yvain ou le Chevalier au lion

CHRISTIE
- Dix Petits Nègres

CLAUDEL
- La Petite Fille de Monsieur Linh
- Le Rapport de Brodeck

COELHO
- L'Alchimiste

CONAN DOYLE
- Le Chien des Baskerville

DAI SIJIE
- Balzac et la Petite Tailleuse chinoise

DE GAULLE
- Mémoires de guerre III. Le Salut. 1944-1946

DE VIGAN
- No et moi

DICKER
- La Vérité sur l'affaire Harry Quebert

DIDEROT
- Supplément au Voyage de Bougainville

Dumas
- Les Trois
  Mousquetaires

Énard
- Parlez-leur
  de batailles,
  de rois et
  d'éléphants

Ferrari
- Le Sermon sur la
  chute de Rome

Flaubert
- Madame Bovary

Frank
- Journal
  d'Anne Frank

Fred Vargas
- Pars vite et
  reviens tard

Gary
- La Vie devant soi

Gaudé
- La Mort du
  roi Tsongor
- Le Soleil des
  Scorta

Gautier
- La Morte
  amoureuse
- Le Capitaine
  Fracasse

Gavalda
- 35 kilos d'espoir

Gide
- Les
  Faux-Monnayeurs

Giono
- Le Grand
  Troupeau
- Le Hussard
  sur le toit

Giraudoux
- La guerre de
  Troie
  n'aura pas lieu

Golding
- Sa Majesté des
  Mouches

Grimbert
- Un secret

Hemingway
- Le Vieil Homme
  et la Mer

Hessel
- Indignez-vous !

Homère
- L'Odyssée

Hugo
- Le Dernier Jour
  d'un condamné
- Les Misérables
- Notre-Dame
  de Paris

Huxley
- Le Meilleur
  des mondes

Ionesco
- Rhinocéros
- La Cantatrice
  chauve

Jary
- Ubu roi

Jenni
- L'Art français
  de la guerre

Joffo
- Un sac de billes

Kafka
- La Métamorphose

Kerouac
- Sur la route

Kessel
- Le Lion

Larsson
- Millenium I. Les
  hommes qui
  n'aimaient pas
  les femmes

Le Clézio
- Mondo

Levi
- Si c'est un
  homme

Levy
- Et si c'était vrai…

Maalouf
- Léon l'Africain

MALRAUX
- La Condition humaine

MARIVAUX
- La Double Inconstance
- Le Jeu de l'amour et du hasard

MARTINEZ
- Du domaine des murmures

MAUPASSANT
- Boule de suif
- Le Horla
- Une vie

MAURIAC
- Le Nœud de vipères

MAURIAC
- Le Sagouin

MÉRIMÉE
- Tamango
- Colomba

MERLE
- La mort est mon métier

MOLIÈRE
- Le Misanthrope
- L'Avare
- Le Bourgeois gentilhomme

MONTAIGNE
- Essais

MORPURGO
- Le Roi Arthur

MUSSET
- Lorenzaccio

MUSSO
- Que serais-je sans toi ?

NOTHOMB
- Stupeur et Tremblements

ORWELL
- La Ferme des animaux
- 1984

PAGNOL
- La Gloire de mon père

PANCOL
- Les Yeux jaunes des crocodiles

PASCAL
- Pensées

PENNAC
- Au bonheur des ogres

POE
- La Chute de la maison Usher

PROUST
- Du côté de chez Swann

QUENEAU
- Zazie dans le métro

QUIGNARD
- Tous les matins du monde

RABELAIS
- Gargantua

RACINE
- Andromaque
- Britannicus
- Phèdre

ROUSSEAU
- Confessions

ROSTAND
- Cyrano de Bergerac

ROWLING
- Harry Potter à l'école des sor-ciers

SAINT-EXUPÉRY
- Le Petit Prince
- Vol de nuit

SARTRE
- Huis clos
- La Nausée
- Les Mouches

SCHLINK
- Le Liseur

SCHMITT
- La Part de l'autre
- Oscar et la Dame rose

SEPULVEDA
- Le Vieux qui lisait des romans d'amour

SHAKESPEARE
- Roméo et Juliette

SIMENON
- Le Chien jaune

STEEMAN
- L'Assassin habite au 21

STEINBECK
- Des souris et des hommes

STENDHAL
- Le Rouge et le Noir

STEVENSON
- L'Île au trésor

SÜSKIND
- Le Parfum

TOLSTOÏ
- Anna Karénine

TOURNIER
- Vendredi ou la Vie sauvage

TOUSSAINT
- Fuir

UHLMAN
- L'Ami retrouvé

VERNE
- Le Tour du monde en 80 jours
- Vingt mille lieues sous les mers
- Voyage au centre de la terre

VIAN
- L'Écume des jours

VOLTAIRE
- Candide

WELLS
- La Guerre des mondes

YOURCENAR
- Mémoires d'Hadrien

ZOLA
- Au bonheur des dames
- L'Assommoir
- Germinal

ZWEIG
- Le Joueur d'échecs

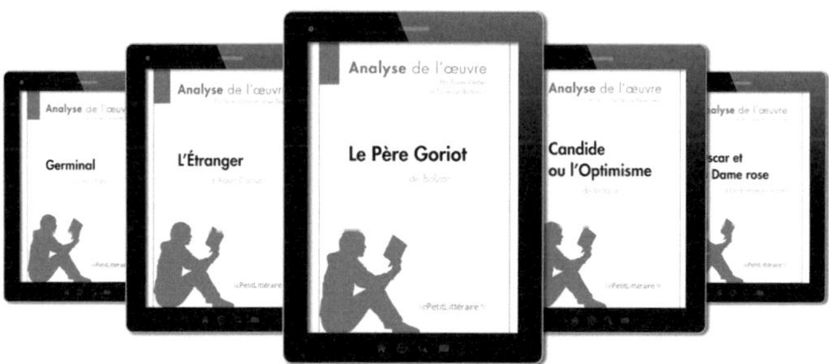

www.lepetitlitteraire.fr

ISBN version numérique : 978-2-8062-1941-1
ISBN version papier : 978-2-8062-1087-6
Dépôt légal : D/2013/12603/472

Avec la collaboration de Nasim Hamou pour l'étude des personnages de « Robert Walton » et « Justine Moritz » ainsi que pour les chapitres « Créer la vie artificielle : un thème de science-fiction », « Trois narrateurs qui se ressemblent » et « La postérité de Frankenstein ».

Conception numérique : Primento, le partenaire numérique des éditeurs.

Ce titre a été réalisé avec le soutien de la Fédération Wallonie-Bruxelles, Service général des Lettres et du Livre.